歴史に何を残すか

本田健一
HONDA Kenichi

文芸社

◎歴史に何を残すか、人生の目的は何か。
歴史に何を残すのが重要か。
人は歴史に何を残すのがベストか。
◎人類の進歩、発展のために何ができるか。
（できること）貢献すること。

1

このごろ、『人生の目的は歴史上に自分の名前を残すことだ』と思うようになりました。科学の分野でもいいし、文学の分野でもいいし、またスポーツ面での記録でもいい。功績として、とにかく、人が真似のできないことをして、歴史上に名前を残したいものです。最悪なのは、犯罪人となったり、ヒットラーのように悪名を歴史上に残すことです。最近亡くなった、私の家族、父、母、末の弟の三人は、残念ながら歴史上に名前を残せませんでした。

生きている、私、私の姉、私の弟の三人は名前を残せるでしょうか。

また、私の父の親戚、母の親戚でも名前を残した人はいないと思われます。

いかに歴史上に名前を残すということが難しいかがわかります。

スポーツ選手なら日本記録、世界記録を残したり、作曲家なら名曲を残したりということです。どんな分野でもいいですから、何らかの功績をあげて名前を残したいものです。

また、歴史上に名前を残すもう一つの方法として、本を書いて残すという方法もあると思います。私もその一人で、今回本を書きました。一般の人で専門を持っていない人、例えばサラリーマンとか主婦の人達は、名前を歴史に残すために、詩とか俳句とか短歌とかを書けばいいと思います。

詩とか俳句などが好きでない人は、随想（エッセイ）を書けばいいでしょう。随想（エッセイ）を書けないなら、手記でもいいでしょう。

私の場合、詩とか俳句は書かず昔から随想を書いてきました。随想を書くのが好きなので、それを本として残したいと思っています。

2

学校の成績が一番でも、それだけに満足してはいけません。

人類の歴史の進歩に寄写する何らかの成果というか、偉業を成し遂げたいものです。

宝のもちぐされは良くないと思います。

人生の目的は人類の進歩・発展にできるだけ大きく多く貢献することです。例えば大きなものでは科学の発明をすることです。

ある問題が起きてどちらか判断しなければならなくなった時には、どちらが人類の進歩・発展のためになるかを考えて、判断すべきだと思います。

食事は、食べ過ぎると老けるのが早くなります。かといって少ししか食べないと、栄養が不足したり偏ったりして病気になります。ほどよく、適量食べるのがいいのです。

3

広辞苑にのっている歌手、作詞家、作曲家を調べてみました。

マイケル・ジャクソンは載っています。プレスリー、ビートルズも載っています。美空ひばりは載っています。越路吹雪さん、古賀政男さんは載っています。

作詞家の永六輔さんは広辞苑に載っています。本名永孝雄、早人中退、『上を向いて歩こう』などのヒット曲を作詞しました。

一方、遠藤実さん、船村徹さん、浜口庫之助さんなどは載っていません。阿久悠さん、岩谷時子さんは載っていません。なかにし礼さんも載っていません。

有名な作詞家、有名な作曲家でも、広辞苑に載ることがいかに難しいかがわかります。

4

人類の歴史に名前を残すことはすごく難しいと思います。まずは広辞苑に名前が載るように仕事を頑張りたいものです。

科学の進歩発展に一番貢献した第一人者は、アインシュタインといっていいでしょう。二番目にニュートン、そしてエジソンが挙げられます。

また、精神的・宗教的に世界で一番大きな影響を与えた人は、イエス・キリストでしょう。その次に釈迦、マホメットが挙げられます。日本人なら、空海も大きな影響を与えました。

ノーベル、ライト、車を作ったフォード、コンピューターを作った人も、人類の進歩発展に多大な貢献をしたと言えます。女の人では、キュリー夫人が第一に挙げられるでしょう。作曲家ではモーツァルト、ベートーヴェンでしょう。画家では、レオナルド・ダ・ヴィンチ、葛飾北斎が挙げられます。

文学・哲学ではソクラテス、カント、トルストイ、夏目漱石、西田幾多郎。

その他にも、シェイクスピア、西郷隆盛、ゲーテ、紫式部、松尾芭蕉、ダーウィン、ニーチェ、菅原道真、織田信長がいます。

5

今生きている人と、一〇〇年後、二〇〇年後に生きている人とを比べると、一〇〇年後を生きる人々は、今生きている人よりも得をするというか、幸せであると思います。今一生懸命研究している学問とか病気の研究とかが、一〇〇年後には著しい成果をあげて、その恩恵を受けるので、今の人々と比べて得であると言えます。

いろいろな病気の治療方法が研究されて、その病気が治るようになると、人々はより長生きできるようになります。一〇〇年前の人々の寿命と比べて、今、そして一〇〇年後に生きる人々は、より長生きできるようになると言えます。

そう考えると、一〇〇年後に生きる人々は、今生きている人よりもよりはるかに得をすると言えるのじゃないかと思います。そうだと思いませんか。一〇〇年前の暮らしに比べ、今はより文化的な生活水準となっています。一〇〇年後には、今よりもさらに暮らしがよくなっていると思いませんか。

6

中学生の時に、家庭教師のように数学を教えてもらっていた玉置先生のことを話します。玉を置くと書いて先生の場合、「たまき」と発音します。安全地帯というバンドのリーダー、玉置浩二さんも、たまきと読みます。

それに対して、10年前くらいに亡くなりましたが、「一週間のご無沙汰です」の決まり文句が有名な、歌番組の司会者、玉置宏さんは「たまおき」と発音します。

玉置先生は、私がのちに進学する豊中高校で化学《ばけがく》の先生をしていましたが、私が入学した前年に辞めてしまったので直接は教わっていません。先生は豊高の先生を辞めて、K重工業に就職されたとのこと。神戸の須磨に住んでいらっしゃいましたが、20年か30年前くらいに岐阜県の多治見という所に引っ越したらしいです。

先生に数学を教えてもらって良い成績をとれるようになったという、大きな恩に恩返しもできてません。先生は15年くらい前に亡くなったと豊陵会報で知りました。

7

西日本で一番高い山は、どの山か知っていますか。

愛媛県にある石鎚山《いしづちさん》です。1982メートルです。鳥取県にある大山《だいせん》ではありません。大山は1729メートルです。2位は剣山《つるぎさん》です。徳島県にある剣山は、石鎚山より約30メートル低い1955メートルです。四国には名前のついた山だけでも600ぐらいあります。四国は平地が少なく、坂のような傾斜のある土地が多いです。徳島県西部の山岳地帯は、古くから「そらの郷」と呼ばれています。天の空（そら）に近い所にあるから、そう名前がついたらしいです。百貨店やコンビニのようなスーパーまでは、15キロも離れています。

石鎚山は天狗岳ともいわれています。今私は高槻に住んでいますが、家のまわり10キロ～12キロのあたりは、平地が多くて坂が少ないのでめぐまれていると思います。

私が中学2年の時の担任の先生は、理科の先生で奥田善造先生といいました。善という字は善光寺の善という字で、造は創造《そうぞう》の造という字です。創造という漢字は、神が初めて何かを作るという字です。

その善造先生が2年生か3年生の授業の時にコウモリをつかまえてきて、生徒に見せたということがありました。

なぜ先生を名前で呼ぶかということですが、同じ2年の担任の先生に奥田政臣先生がいて、同じ奥田先生が2人なので、まちがわないよう名前で呼んでいました。

8

東京の地名で、青い梅と書いて「おうめ」というものがあります。東京都の西北、埼玉県との県ざかいに近い所にあり、自然がいっぱいです。

5月になるとハルゼミが羽化してなきはじめます。ハルゼミは、赤松の木を好むセミらしいです。

また、トウキョウサンショウウオというサンショウウオの仲間がいて、大きくなると川から出て雑木林にすむらしいです。

ミドリシジミという小さい蝶は森の宝石と呼ばれています。

話は変わりますが、兵庫県の明石市と姫路市のまん中にある高砂市は1700年前から石がとれます。かたすぎず、やわらかすぎないいいかたさの石なので、墓石として切り出されています。

私は母が長野出身ですので、子供の頃から今まで何十回と長野に行っています。松本は松本城や美ヶ原に3～4回行っています。

が、まだ上高地には行ったことがありません。明神池には皇太子夫婦も今年行かれて、その水にふれて冷たいと思ったそうです。

河童橋で写真をとるのがおきまりのコースだそうですが、天気がよければ、穂高連峰の山々がきれいに見えて感動させられるそうです。

9

一浪して北大に受かって一年目の学生生活を始めたのですが、その時に担任制ができて、クラスに一人担任の先生がつきました。学生がいろいろと問題を起こすので、それに対処するために担任制ができたらしいです。

担任の先生は体育の教授で、給料が十分でないせいか、洋裁ができる奥さんの内助の功で生活が成り立っていたらしいです。

先生は車が運転できました。

私の学生生活の一年目が終わり二年目に入る時、私の親が訪ねてきました。その時には、車に乗せてくれ、便宜をはかってくれました。

その先生は、私が北大を中退した後も、10年か20年くらい、大阪など関西に来た時には私の家に連絡をくれ、会っていましたが、20年目のある時、両親のどちらかが無礼なことをして先生を怒らせてしまい、それからは一切連絡がありません。

私にとって、恩を仇で返すという、まずいことになってしまいました。

北海道には美唄市光珠内から滝川市新町の間に、日本で一番長い直線道路があるそうです。

知っていましたか。私は通ったことがありませんが。

10

奈良公園にいる鹿は神鹿と言われ、１０００頭ほどいます。昔、神の使いの人が雄鹿にまたがって現れたそうです。鹿の食事は早朝と夕方の2回で公園の草を5キログラムほど食べます。春はさくらの花びらがごちそうになります。夜は森の中で寝ます。昔の天敵はオオカミでしたが、今は子鹿を狙うカラスだそうです。鹿は攻撃することがあります。時々体当たりをします。

母鹿は赤ちゃんを産むと羊膜を食い破り、赤ちゃんをなめ続けます。赤ちゃんはお乳を飲み、立ち上がろうとします。

鹿せんべいは鹿にとって、おやつのようなものです。

私のすぐ下の弟の義父が長男の子二人を連れて、鹿を見せるために東大阪から奈良へ行ったと聞いています。そのおじいさんは認知症になり、しばらくして亡くなりました。

鹿は、天然記念物の指定を受け、保護されています。

近所の家々を見て、3階建ての家は4、5軒に1つくらい時々見かけますが、4階建ての家はまだ一度も見たことがありません。造ろうと思えば造れるのでしょうが、1軒も見たことがありません。

11

私の母の一番上のお兄さんが文房具屋さんに勤めていて、大阪に出張があると家に来て、泊まることになっていました。その一番上のお兄さんの名前が変わっていました。茂平と書いて「もへい」というんです。「もへい」の「も」は歌人の斎藤茂吉の「も」と同じ字で、もへいの「い」は平（たいら）の字を「い」と読み、「もへい」という変わった名前です。

そのすぐ下のお兄さんの名前も変わっていて、お坊さんが着る服を袈裟と言いますが、その袈裟に政治の治という字をつけて「けさじ」といいます。変わっているでしょう。

歌手の青江三奈さんは59歳で膵臓がんで亡くなっています。青江さんはＮＨＫ

の紅白に18回出るほど有名です。同じ歌手の日吉ミミさんも同じ膵臓がんで亡くなっています。『男と女のお話』という曲がヒットしましたが、確か結婚はしてなかったんじゃないでしょうか。

12

私は小学生の頃、西部劇を見るのが好きで、よくテレビで見ました。

しかし、中学2年生か3年生くらいで受験のため、高校3年生くらいまで全くテレビを見ませんでした。高校時代はガリ勉というか、勉強ばかりしていました。数学の先生についていいたせいか、理数科系の成績はよかったのですが、国語だけが悪かったのです。小中学生の頃にもっと読書して読解力がついていれば、国語の成績も良かったんじゃないかと思います。

小学5年生、6年生の時の担任の先生の山西先生のおかげで学校の成績を意識するようになり、勉強をするようになりました。山西先生は私の姉も5年生か6年生の時に担任になってます。

山西先生は教育熱心な先生だと思います。6年生の時に成績によって金メダルというか、金バッジ、とか、銀銅のメダルかバッジをつけてもらったのを覚えています。

また、中学生の頃の玉置先生のおかげで、理数科系や歴史の成績がよかったです。

高3の時、北大を受けて落ちたのですが、一浪して北大に合格しました。皆にはすごくうれしかったんじゃないかと思われていますが、そんなにうれしかったという覚えがないというのが正直なところです。

社宅に住んでいて新聞の私の名前を見たらしく、本田健一ちゃんが北大合格したと、近所のうわさになったのを覚えています。

今までに生きてきて一番うれしかったことって何ですか。結婚ですか。子供の誕生ですか。

13

大相撲名古屋場所で関脇の御獄海《みたけうみ》が優勝しました。長野県出身力士としては、大相撲の優勝制度が制定された１９０９年以降初めての優勝です。

長野県の南西部、木曾川が流れているほとりにある上松町の出身です。あげまつ町と読みます。２年前くらいに噴火した御嶽山が近くにあります。

私の母方の親戚が、長野市で同じ上松と書いてうえまつと呼ぶ地名の所に住んでいて、うえまつのおじさん、おばさんと言って子供時代に家に行き、泊まったこともありました。

御獄海が優勝できたのは、たまたま横綱が三人とも休場したことが大きいと思います。来場所以降も優勝できればいいのですが。長野県出身の力士として応援を続けます。

ホヤって食べたことがありますか。残念ながら、私は食べた覚えがありません。東北地方の海で捕れ、甘味、塩味、酸味、苦味、旨味と五つの味覚がそろっているというホヤはクセのある珍味として親しまれている、ということを、新聞のホヤの紹介で読みました。

今から10年前か20年前、タレントで天馬ルミ子という女の子がテレビに出ていたのを知っていますか。以前よくテレビに出ていましたが、最近はテレビに全然出演しません。タレントをやめてしまったのでしょうか。

14

50年以上前、犬を飼っていました。犬種はスコッチテリアで、色はまっくろ、名前はジョンといいました。どうしてジョンという名前だったかというと、多分、当時アメリカはジョン・F・ケネディが大統領だったので、そこからジョンという名前をもらってつけたんじゃないかと思います。食い意地のはった食いしんぼうの犬で、私たちが何か食べているとその一部をもらって食べていました。

その犬はときどき家から逃げ出して半日くらい脱走して、おなかがすくと帰ってきました。豊中から高槻に引っ越しをした時、高槻では2階への階段がありました。その犬は階段をのぼることはできるのですが、下りることができず、なき声を出し、家族の誰かが犬を下ろしてあげていました。

この犬の晩年は悲惨でした。フィラリアという犬の病気にかかってしまったの

料金受取人払郵便

新宿局承認

1409

差出有効期間
2021年6月
30日まで
（切手不要）

郵便はがき

160-8791

141

東京都新宿区新宿1－10－1

(株)文芸社

愛読者カード係 行

ふりがな お名前		明治　大正 昭和　平成　　年生　歳
ふりがな ご住所	□□□-□□□□	性別 男・女
お電話 番　号	（書籍ご注文の際に必要です）	ご職業
E-mail		
ご購読雑誌(複数可)		ご購読新聞 新聞

最近読んでおもしろかった本や今後、とりあげてほしいテーマをお教えください。

ご自分の研究成果や経験、お考え等を出版してみたいというお気持ちはありますか。

ある　　ない　　内容・テーマ（　　　　　　　　　　　　）

現在完成した作品をお持ちですか。

ある　　ない　　ジャンル・原稿量（　　　　　　　　　　　　）

書　名				
お買上 書　店	都道 府県	市区 郡	書店名	書店
			ご購入日	年　月　日

本書をどこでお知りになりましたか?

1.書店店頭　2.知人にすすめられて　3.インターネット(サイト名　　　　)

4.DMハガキ　5.広告、記事を見て(新聞、雑誌名　　　　)

上の質問に関連して、ご購入の決め手となったのは?

1.タイトル　2.著者　3.内容　4.カバーデザイン　5.帯

その他ご自由にお書きください。

(　　　　)

本書についてのご意見、ご感想をお聞かせください。

①内容について

②カバー、タイトル、帯について

弊社Webサイトからもご意見、ご感想をお寄せいただけます。

ご協力ありがとうございました。

※お寄せいただいたご意見、ご感想は新聞広告等で匿名にて使わせていただくことがあります。

※お客様の個人情報は、小社からの連絡のみに使用します。社外に提供することは一切ありません。

です。蚊にさされて足がすごく太くなり、寄生虫が心臓に溜まって症状が重くなるようです。今はフィラリアを予防するいい薬があって、毎年服用すればフィラリアにはなりません。

母はジョンの悲惨な最期があったので、その後、犬は飼っていません。

犬にあげてはいけないものは何か知っていますか。私はたしかチョコレートじゃないかと思うのですが、知りませんか。あなたは今、犬を飼っていますか。

「リスペクトする人」という意味、わかりますか。尊敬する人のことです。

15

あなたの結婚式はキリスト教式でしたか。音楽はメンデルスゾーンの結婚行進曲が流れましたか。ワーグナーの曲ではないですよねぇ。ワーグリーの曲は、実際の楽劇では別れるという、あまりよくない結末と、因縁の曲らしいじゃないですか。

私は現役の時は北大1校しか受けませんでした。北大の理類というのは、東大に似たシステムで、理学部、工学部とかをまとめて、2年の教養課程を終わって3年生の初めに本人の希望と成績で、物理学科に行くとか、生物学科に行くとか工学部に行くとかが決まることになっていました。

文類は、文学部、経済学部、法学部、教育学部をまとめて受験して、やはり3

年生の初めに本人の希望と成績で、学部を決めるというものでした。。

現役の時は、理類を受験したのか文類を受験したのか覚えていません。当時東京に試験場があって、日大の校舎で試験を受けました。私の姉が一緒に東京に行ってくれ、ユースホステルに泊まって受験しました。開通したばかりの新幹線で行きました。結果は不合格でした。

一年浪人して受けた時は、東京試験場がなくなってしまい、函館試験場で文類を受験しました。一人で旅館に泊まって受け、みごと合格しました。この年は、姉はついてきてくれませんでした。

16

私は食べ物の好き嫌いが激しいです。甘いものには目がありません。特にあんこが好きで、おまんじゅうとかおはぎが大好きです。長生きをしている人で甘いものが大好きな人を知ってます。

それに反して、生牡蠣とか牡蠣フライなど、牡蠣は食べられません。牡蠣にはすごく栄養があるのはわかっているんですが。

また、チーズが大嫌いです。ヨーグルトとか牛乳は好きなんですが、チーズだけはきらいです。ピザは食べたことがありません。だからアメリカ人とかヨーロッパの人とは一緒に食事ができないと思います。食事に必ずチーズが入っているような気がするからです。

奈良漬けも食べません。月に1、2コですが、梅干しは食べます。漬け物は好きではなくてあまり食べません。

ウイスキー、ワイン、日本酒など、お酒は飲めません。例外は甘酒です。うちの父は95歳まで長生きしましたが、チーズが大好きでした。

歌手のさだまさしさんも好き嫌いがはげしい人だそうです。知っていましたか。

私の末の弟の家族全員がスイカが大好きです。また、私のすぐ下の弟の大好物はバナナです。

17

長生きをするためにはお酒を飲まない方がいいと思います。理由として、何か不幸なことがあると、ついお酒を多く飲むようになり、このため他の食事がおろそかになり、栄養が十分とれなくなってしまうからです。そのせいで病気になったりすると、結局長生きできなくなってしまいます。

歌手の和田アキ子の持ち歌に、阿久悠作詞の『あの鐘を鳴らすのはあなた』がありますす。その中に、タイトルと同じ「あの鐘を鳴らすのはあなた」という歌詞があります。ヨーロッパなどでは、どこでも普通に教会があって鐘を鳴らそうと思えば簡単に鳴らせますが、日本には教会が少ないので、鐘を鳴らすということは日本ではありえないことだと思っているのは私だけでしょうか。抽象的な意味の歌詞なのでしょうが、私は聴くたびにこう思ってしまいます。

自転車に乗っている人に、交通マナーを守らない人が多く見られます。信号を守らないのは自転車に乗っている人が多いように感じます。あやうくぶつかりそうになるなど、危ないことがひんぱんにあります。何とかならないでしょうか。

18

渡辺篤史さんという俳優を知っていますか。「わたなべ」という姓名に、竹かんむりに馬と書いて「あつ」、「し」は歴史（れきし）の史と書きます。年は私と同じ昭和22年生まれで72歳。だからか、頭の毛がだいぶうすくなっています。彼がある人の家を訪ねる、『渡辺篤史の建もの探訪』という、日曜日の午前中に放送されている30分の番組をご存じでしょうか。もう30年以上続いている人気番組です。

以前見た家は、家の屋上のベランダから、スカイツリーが上から下まで全体を見ることができるという場所にある家でした。

8歳くらいと3歳くらいの姉妹がいました。渡辺さんは、美人姉妹とおせじを言うのを忘れません。そして家を見て回ります。土地代はべらぼうに高いんじゃないでしょうか。

渡辺さんは本名と芸名が同じなのですが、そのような俳優さんは2人か3人に1人の割合じゃないかと思っています。


同じ放送局の『題名のない音楽会』で知ったことですが、湯沸かし器の、お湯がわきましたという時に鳴る音楽は、エステンという作曲家の『お人形の夢と目覚め』という曲だそうです。

また、オリンピックでフィギュアスケートの羽生結弦さんが演技用に用意した音楽は、ショパンのバラード1番で、全部で10分の曲を3分に編集したそうです。バラードとはフランス語では「物語」という意味で、その曲を聞くと1つのドラマを味うことができるそうです。

19

オーケストラの音色の秘密をつかもうとする。テレビ番組で俳優の高橋克典さんはオーケストラを聞いて生がいいと言っています。

楽器は、弦楽器、木管楽器、金管楽器、打楽器の4つに大別されます。

弦楽器はこすった感じです。

木管楽器は風の楽器と言われています。

金管楽器は遠くまで音を届けるためにあります。

青いダイヤと言われている野菜とは何だと思いますか。ヒント、食べるとちょっとにがい味がする野菜です。答えはピーマン。ピーマンはやせた土地、つまり砂地で作るのが一番いいらしいです。

砂地を有効に生かすためか、ピーマン農家は3軒くらい固まってビニールハウスで作ります。

ピーマンは一般に連作できないと言われています。次の年には同じ畑で作れないとされていますが、砂地の所では連作できるらしいです。

私は子供の頃食べました。

今はもう30年くらい食べていないんじゃないでしょうか。あなたはピーマンを食べていますか。

20

作曲家は、死に際というか死を前にすると、すごい曲を生むことが多い。その時期に多くの傑作、名曲が生まれています。

モーツァルトの交響曲第40番、第41番『ジュピター』もそうだし、チャイコフスキーのバレエ組曲『くるみ割り人形』とか交響曲第6番『悲愴』もそうだし、ベートーヴェンの交響曲第9番もそうです。死というものは一段とすごい力を作曲家に及ぼすと言えるのでしょう。

バルトークの『管弦楽のための協奏曲』も20世紀の一番新しい例と言えます。他に例はありますか。

自転車の保有台数が世界一の国はどこか知っていますか。そしてどの都市か、わかりますか。オランダのフローニンゲンという都市は、人口が1600万人なのに自転車の保有台数が1800万台と人口より多いのです。オランダという国は坂が少ないのでしょう。平らな道が多いんじゃないかと思います。日本の石井正則さんというタレントは、自転車を10台くらい持っていて、オランダにも組み立て自転車を持参して、オランダの町を走ったそうです。

今、日本で一番ノーベル文学賞が有力な作家は村上春樹さんですが、村上さんの代表作は何か知っていますか。『ノルウェーの森』です。

21

クラシックのオペラ歌手の岡本知高さんを知ってますか。変わっていてきわめて珍しいのは男性なのにソプラノ歌手というところです。普通ソプラノ歌手と言えば女性の音域なのに男性ソプラノ歌手です。

背が高くて180センチあり、すごく太っています。歌を歌うと迫力のある声が出ます。オペラ歌手という職業は、このような体格を必要とするのでしょう。

私の家は4人兄弟なんですが、子供の頃、私が一番多くお使いに行かされたと思います。

本州で1年で一番寒いときはいつだと思いますか。いつからいつまでが冬で、一番寒い時期はわかりますか。

1月20日の大寒《だいかん》から2月4日の立春までの2週間の間が冬で、一番寒い時期です。私の誕生日は1月22日なんですが、私は一番寒い時に生まれたということになります。

22

父が亡くなるまでに、私が父を一番偉いと思ったことは、今から55年前くらい、私が15歳くらいの頃のことです。母を含め家族6人全員がそろって田んぼでレンゲの花を見ていた時に、どこで覚えたのか、父がレンゲで花の首飾りを作って、その作り方を私達に教えてくれました。父の家庭的な一面を見たようです。今は、もう忘れていて、今レンゲで首飾りを作れと言われてもたぶん作れないと思います。

武田信玄がサイコパスだそうです。サイコパスの意味はわかりますか。サイコとは精神病者のことらしいです。

『題名のない音楽会』で、ヴァイオリニストの高嶋ちさ子さんと7人のチェリストのユニットの演奏を聴きました。

7人のチェリストはそうそうたるメンバーでした。

知っていますか。パッヘルベル作曲の『カノン』とか。

マッカートニー（あのビートルズの）作曲の『死ぬのは奴らだ』とかリムスキー・コルサコフの『熊蜂の飛行』とか有名なサラサーテの『ツィゴイネルワイゼン』とかを聴きました。

チェリストが超絶技功で演奏するのを聴かせてもらいました。

美しいメロディを聴きたいなら、ドヴォルザークの交響曲『新世界より』を聴けばいいと聞きました。

23

モーツァルトの最後の交響曲第41番『ジュピター』は天国を思わせるような神神しさのある音楽です。ジュピターとは木星のことで、ギリシャ神話では一番偉い神様です。

ゲストとして出演したのは棋士の佐藤天彦氏。天国の天という字に彦で、「あまひこ」だそうです。その佐藤さん、13歳の時、この曲の第4楽章に感動したそうです。

この曲は、モーツァルトが亡くなる3年前に作曲されています。ジュピターは快楽の神様でもあり、疾走する喜びを表しています。

人間技ではありません。

R・シュトラウスは言っています。「天国にいるような思いをした」と。

当時モーツァルトは父と娘さんを亡くしました。その反面宮廷の音楽家になり、安定した収入を得るようになりました。

この曲は悲しさを秘めた曲です。底知れぬ悲しさを感じさせます。モーツァルトの音楽は皆傑作ですが、暗さを感じさせるといいます。フーガの技法を使っています。アインシュタインがモーツァルトの音楽を好んだというのは有名な話です。この曲はバイブルのようなお手本の音楽と言えます。

モーツァルトの音楽が暗さを感じさせるというのは、35歳で若死にするという業を暗に表しているからだととれるのではないでしょうか。

24

ホトトギスという鳥は、ウグイスの巣に卵を産んで、子をウグイスに育てさせます。托卵と言います。鳴き声が「テッペンカケタカ」と聞こえるらしいです。また、ホトトギスという植物もあります。

ホトトギスを漢字では子規と書きます。子供の子に、規則の規という字でしきと書いてホトトギスと読みます。偉人の正岡子規のしきのペンネームは、子規《ホトトギス》からとってつけたらしいです。

また不如帰（ふじょき）と書いてホトトギスとも読みます。この不如帰という題名の本があります。徳富蘆花の小説です。

鮎は川の中の岩に生えている藻を食べて成長します。オオサンショウウオは夜行性で泳ぎが上手ではありません。また、魚を食べるらしいです。

交響曲0番という曲があるのを知っていますか。ブルックナーの交響曲には0番があります。もちろん1番2番と続き、9番まであります。

和歌山の有田はありだと読むらしいです。佐賀県にも同じ有田という地名があり、ありたと読みます。その有田のみかんを買いましたが、他のミカンと違ってすごく甘かったです。

25

イタリアのミラノの修道院の壁に、レオナルド・ダ・ヴィンチが「最後の晩餐」の絵を3年かかって描いたらしいです。

また彼は、ミラノの運河に水門をつくってスイスからミラノに来られるようにした功績があり、市民に尊敬されているそうです。しかし、やがてミラノがフランスに占領されて、彼はミラノを去らなければならなくなったそうです。

アメリカの学者、ベネディクトという人が、日本と日本人について書いた『菊と刀』という本があります。その本のことを中学一年生の時の担任が話してくれました。ちょうど家にその本があり、帰って読みました。日本人の恥について独特の見方しています。ベネディクトという学者は、戦後、アメリカ人が占領下の日本で生活をする際に参考にするためにこの本を重用したそうです。彼のことを知っていましたか。

私が中学生の時、家庭科の授業でサンドイッチを作り、食べました。同じようにあなたも家庭科の授業でサンドイッチを作りませんでしたか。

26

地球上で一番北にある町はノルウェー領の島です。北極点に一番近い所にあります。4ヵ月間太陽が顔を見せないこともあるそうです。氷点下15度ですが、住んでいる人にとってはそれが当たり前だそうです。

島では石炭がとれるので、石炭をとるために働く人々がいます。住んでいるのはさまざまな国の人です。ビザがいらないのでさまざまな国の人が住んでいます。ロシア人とかノルウェー人とかフィリピン人とか、セルビア人などです。島に住んでもらうため、ノルウェーでは工夫をしています。例えば町で唯一のスーパーマーケットでは、商品に税がかからないというような特別の制度があります。

ここで働くセルビア人の男の人は、かわいそうなことに、祖国で兄、父、母を戦争で殺され、セルビアという祖国を捨てました。

炭鉱で働く人は一週間働いて一週間休みをとったりします。8時にスーパーマーケットが終わり、9時、10時にパーティーを開いたりします。白クマも住んでいるらしいです。

炭鉱が発見されてから、さまざまな国が、この島は私の国のものだと主張し、争われましたが、条約ができてノルウェー領となりました。

もちろん白夜もあります。年のうち何ヵ月間、夜でも太陽が沈まないという日が。

27

チャイコフスキーの交響曲第1番を聴いたことがありますか。平成31年2月17日、CDを買って聴いてみました。なかなかいい感じのする聴きごたえがある曲です。一度聴いてみたら感動すると思います。この曲には副題として「冬の日の幻想」という名前がついています。私が聞いたCDは、カラヤンの指揮でベルリン・フィルハーモニー管弦楽団の演奏でした。演奏時間が44分くらいの短かめの曲です。交響曲第4番と第5番と第6番のCDも持ってます。ちなみにいい掘り出しもののCDを買うと得した気分になります。

人類が一番命を落としている天敵は何だと思いますか。1位は蚊です。蚊を駆除するための薬といえば何だと思いますか。1590年に日本人が発明した蚊取り線香です。

2位は何だと思いますか。答えは蛇です。

3位は何だと思いますか。答えは犬です。

私が7歳くらいの頃、東京で近くを大きな青大将が通るのを見ました、一つ間違えば私は食われたかもしれません。

列車での移動をしている人が一番多いのはスイスで、2位日本、3位ロシアです。

ウォークマンは外国人が選んだ「日本人のスゴイ発明品」の第12位でした。買いましたか。私は買ったことがありません。第1位に選ばれたのはインスタントラーメンでした。安藤百福さんが発明しました。

医療費の自己負担額が一番多い国はスイスで、日本は27位です。日本は国民皆保険制度なので27位なのです。

千人あたりの自動車の保有台数の第1位はどこだと思いますか。アメリカです。日本は15位です。

28

私、寺田寅彦の昭和文学全集を持っていません。

数学者の長尾健太郎という人を知っていますか。31歳でがんで亡くなった悲劇の人です。

数学の才能には驚くほど恵まれていました。周囲の人々は、彼は人間的にできている、人柄が良いとほめていました。周囲の皆が一致して言っています。大病が、人柄をよくしたのでしょうか。若いころに結婚をしています。彼の唯一の救いと言えるのは、一人息子がいることでしょう。私は跡とりの子がいませんが。彼ほど亡くなったときに周囲のたくさんの人々から惜しまれた人はいないと思います。囲碁もプロ級くらい強かったそうです。

京セラを創業した稲盛和夫さんも前にがんになったらしいですが、治療で治ったそうです。がんで死なないのは、その人を担当するお医者さんの力量によるところがすごく大きいと思われますが、その点、皆さんはどう思いますか。

健太郎という同じ名前で、矢野健太郎という数学者がいて、ぼくらが高校生くらいの時に数学の教科書を書いていました。矢野健太郎という数学者を知っていますか。

29

植物の生育に必要なものは、水と日光と肥料の他にもう1つあります。それは何でしょうか。答えはかび（細菌）です。かびは植物と共生していて、植物の生育に大きな働きをしています。かびがあるとないとでは、植物が生育する上で大きな差が出てきます。実験でわかっていることです。

ポーランドの首都はワルシャワですが、ワルシャワの南の方にクラクフという古都があります。第二次世界大戦で、ポーランドの他の都市は壊滅的に大きな被害を受けましたが、クラクフは建物が破壊されずに残りました。

近くのアウシュビッツの収容所では、ユダヤ人が多数殺されました。

ポーランドに住んでいたコペルニクスは、地動説を唱えたことで有名で、コペルニクスの銅像がクラクフにあります。私は、コペルニクスがポーランド人なんて初めて知りました。

ポーランドは大国に囲まれて、大国に翻弄されてきた悲しい歴史があります。ポーランド出身の人で有名な人は、キュリー夫人とか作曲家のショパンがいます。二人とも愛国者です。

二人は専門分野が違いますが、フランスのパリに出て活躍したという点が同じです。二人ともすごい有名人になりました。

30

テレビを見て知ったことですが、青森県の八戸《はちのへ》は、やませという、冷害や不作をもたらす冷たい風が吹くことがあるそうです。

１３０年前にコレラがはやって４人くらい亡くなったこともあるらしいです。江戸時代の後期にじゃがいもが伝わり、八戸の宝といわれました。冷害の時重宝したそうです。

20年ぐらいずっと日本一になるくらい、イカが獲れるそうですが、海流の関係で、このところイカが不漁だそうです。

祭になると、派手に飾った山車（だし）がパレードするらしいです。

梅干しを食べていますか。私は２週間と４日前、つまり18日間に１個食べています。

　あなたはどのくらい間を置いて食べていますか。母は晩年毎日1コか2コ食べていましたが、福祉施設に入って梅干しを一つも食べられなくなって、便秘に悩まされました。私の場合は18日に1個が便秘しない一番いい間隔だと思ってます。

31

宮崎県の高千穂に行ったことがありますか。私は行ったことがありません。鉄道が通っていましたが、台風で不通になってしまいました。その鉄道は、観光列車として復活しました。車体は自動車の車体を使い、タイヤを車輪に変えて使っているとのことです。

昔神が降り立った山が、二上山《ふたがみさん》です。11年に1回、徹夜で舞いを舞います。男の人は天狗の面を、女の人はおかめの面のかぶって踊ります。小学3年生くらいの男の子も舞うのですが、徹夜にはたえられないから、うたたねしてしまいます。

名所は高千穂狭というところで、絶壁の間を舟で見て回ります。

神へのお供えはイノシシと決まっています。子授けの祈願で有名です。

1570メートルの霧島山があります。この山里では秋でも霜がおりるそうです。

神様への舞いを踊る場所は、個人の家で、クジ引きで決まるらしいです。8畳か10畳の部屋で舞います。部屋に置いてある家材を移動するのが大変だそうですが、そういう決まりになっています。

地元の人々はハチの子を平気で食べますが、あなたは食べられますか。私は食べられません。

高千穂へは霧島から行くのが一番近いでしょう。ちょっと遠いですが、宮崎からも行けます。

32

昔の美人薄命の典型的な例として、樋口一葉さんがあげられます。また、金子みすゞさんもそうです。現在では、ZARDの坂井泉水さんがそうだと言えます。それとは反対に、美人の人で長生きした人は私の母で、95歳で亡くなりました。また、今の上皇后美智子さまも長生きです。

昔のピアノはフォルテピアノと呼ばれていました。1700年頃のフォルテピアノを小川加恵さんが弾くのを聴きました。真珠の玉がころころころがるような軽快な曲です。モーツァルトのピアノソナタ15番。現代のピアノに比べて軽やかな音が出るそうです。また和音が骨太になりました。

ハイドンの頃のピアノは、ブロードウッドピアノと呼ばれました。ハイドンのピアノソナタ52番。次にショパンの「雨だれ」と夜想曲2番。その頃のピアノの白鍵は貝でできていて、輝いていたのです。

ライネッケという作曲家を知っていますか。19世紀から20世紀の人で、教員や指揮をしながら曲を書きました。フルート協奏曲は作品283です。283と聞いてちょっとびっくりしましたが、モーツァルトは作品を600も作曲しているので、作品283ではびっくりできないと思いました。

33

東京の世田谷区の三軒茶屋あたりに松陰通りという地名があり、松陰神社があります。吉田松陰を祀った神社で、松陰御社前という電車の駅もあり電車が走ってます。

昔、ある人がこの近くを通っていて、タマというネコが招くしぐさをするので、そのネコについていくと、行くはずだったところに雷が落ちて、命が救われ難を逃れたという伝説があり、近くの神社ではマネキネコの置き物を奉納しているらしいです。

このあたりを走る女の子を見かけますが、あちこちでいろいろな食べ物を食べています。それは体によくないということを知らないのでしょうか。いろいろ食べています。

このあたりは開発されてない頃は、せまい道に長屋みたいな小さな家が見うけられました。

私はファーブルの『昆虫記』という本を持っています。フランスに生家と記念館があるそうです。全10巻で、世界中で本が売れたようです。身近な昆虫をよく観察しています。例えば、フンころがしという虫は、甲虫にちょっと似ています。地中にフンを運んで卵を産みつけ、その幼虫がフンを食べて成虫になるらしいです。

現代では、昆虫学者は大学の教授です。

第二次世界大戦でドイツ軍に占領された時は、近所の人々がファーブルの銅像をドイツ軍に壊されないために隠したとテレビで放映していました。今ファーブルの『昆虫記』を読みたいのですが、他にやることがあって時間がとれません。

34

日光東照宮に行ったことがありますか。私は行ったことがありません。お参りする人波が絶えない場所ですね。五重塔は一度火事で燃えていますが、地震では一度も倒れていません。スカイツリーは五重の塔を参考にしているのを知っていましたか。

ねこの彫刻が2354円もします。甥が日光に行って、「見ざる言わざる聞かざる」の置物を私はお土産としてもらいました。この置物は今もあります。姉が一度ゴミとして捨てようとしましたが、私が拾いました。

日光名物といえば、湯波料理です。日光のゆばは、ばを波と書きます。ゆばそば、ゆばうどん、ゆば定食と三種類あります。

一度はぜひ行きたいものです。パワースポットもあるらしいです。2020年は紅葉が少し遅いらしいです。ゆば料理の店主の4代目が95歳で5代目、6代目もいます。4代目は母のように背が低いが、すごく元気です。私も豪華絢爛な日光東照宮を見たいものです。

35

山田方谷（やまだ　ほうこく）は、幕末・明治前期の儒学者です。備中、岡山県の人です。備中松山藩に仕えました。松山城は愛媛県の松山とは違いますよ。岡山県の松山城は全国一の高い所にある山城で、藩主板倉勝静（かつきよ）を補佐して藩政刷新に尽力《じんりょく》しました。幼少の頃は神童と言われていました。

松山藩の財政はすごい借金で劣悪の状態にありました。藩主に刷新を頼まれて、一度は断ったのですが、受け入れて見事藩政を立て直しました。

偉いのは、藩主が函館で戦争をしている時、助けに行って見事救い出したことです。藩政改革で助け、命も助け、2度も助けたことです。

20世紀を代表するクラシックの作曲家は誰だと思いますか。私はドビュッシーだと思います。ベートーヴェンに代表されるドイツ音楽が力強い曲調が特長だったのに対して、フランスのドビュッシーはやわらかい曲調の優雅さが特長です。『亜麻色の髪の乙女』とか『海』とか『子供の領分』とか『牧神の午後への前奏曲』などの作品があります。

ドビュッシーのこれらの曲を全部ＣＤで持っています。あなたは持っていますか。

もう一つドビュッシーの名曲で、『前奏曲集』という独奏曲があります。これもＣＤを持っています。

36

シューマン作曲の『トロイメライ』を知っていますか。シューマンはドイツのロマン派の作曲家です。テレビ番組で俳優の高橋さんは、トロイメライの曲とシューマンの写真が合わないと感想を言っていました。ピアニストの仲道郁代さんがこの曲の解説をしました。彼女はそもそもホロヴィッツの演奏するトロイメライを聞いてシューマンにはまったと言っていました。最初の音から4度上がりますが、これは天という天使を表しています。ここで夢心地になります。また6度跳躍すると、今度はあこがれを表しています。

この天とあこがれが何度も現れ、夢心地になります。

あこがれはクララへの恋心でしょう。当時一流のピアニストであるクララと無名のピアニストのシューマンは、クララの父親に結婚を反対されました。その時作られた幻想曲は、彼の曲の中でもっとも情熱的な曲です。

シューマンはクララへのあこがれ、愛をつづったラブレターのようなものとして作曲したのでしょう。燃える心を音楽に託しました。

「ロマンス」という曲は花のような何かが由来しているそうです。

同じ音の連続は永遠を表しています。二人の愛が永遠に続くことを願ったシューマン。

仲道さんはシューマンにほれて、ほれ抜いたと言います。

シューマンとクララは8人の子をもうけました。シューマンのクララへの恋心が、ピアノの名曲を生んだと言えます。

著者プロフィール

本田 健一（ほんだ けんいち）

昭和22年1月22日　東京生まれ。
昭和40年　豊中高等学校卒業。
昭和41年　北海道大学入学。
昭和44年　北海道大学中退。

歴史に何を残すか

2020年7月15日　初版第1刷発行

著　者　本田 健一
発行者　瓜谷 綱延
発行所　株式会社文芸社
〒160-0022 東京都新宿区新宿1－10－1
電話 03-5369-3060（代表）
03-5369-2299（販売）

印刷所　株式会社平河工業社

ISBN978-4-286-21755-0